6 décembre 1858

VENTES PILLOT

TABLEAUX ANCIENS

PREMIÈRE VENTE, LE LUNDI 6 DÉCEMBRE

EXPOSITION PARTICULIÈRE, LE SAMEDI 4

Exposition publique, le Dimanche 5

DEUXIÈME VENTE, LE MERCREDI 8 DÉCEMBRE

à 2 heures très-précises

Voir le détail à la page 19

Me CHARLES PILLET, Commissaire-Priseur

M. FEBVRE, Expert

Mr Bert r vendome 20

IMPRIMERIE RENOU ET MAULDE
RUE DE RIVOLI, 144

PREMIÈRE & DEUXIÈME VENTES

CATALOGUE

D'UNE COLLECTION

DE

TABLEAUX

DE L'ÉCOLE FRANCAISE

Et principalement d'Œuvres de nos plus charmants Maîtres

DU XVIIIe SIÈCLE

DONT LA VENTE AURA LIEU

Après cessation de commerce de M. PILLOT, demeurant à Paris
rue Laffite, 11

HOTEL DES VENTES MOBILIÈRES

RUE DROUOT, N° 5

GRANDE SALLE N. 5,

Les Lundi 6 et Mercredi 8 Décembre 1858.

A 1 heure 1/2 très-précise

Par le ministère de Me **CHARLES PILLET**, Commissaire-Priseur,
Successeur de M. Bonnefons de Lavialle,
rue de Choiseul, 11,
Assisté de M. A. **FEBVRE**, Expert, rue de Choiseul, 13
Chez lesquels se délivre le présent Catalogue.

EXPOSITION PARTICULIÈRE

Le Samedi 4 Décembre 1858, de midi à 5 heures

EXPOSITION PUBLIQUE

Le Dimanche 5 Décembre 1858, de midi à 5 heures

1858

DÉTAIL DE LA 2e VENTE PAGE 19.

LE CATALOGUE SE DISTRIBUE :

À Paris......	chez MM.	**PILLET,** Commissaire-Priseur, rue de Choiseul, 11.
»	»	**FEBVRE,** rue de Choiseul, 13.
À Lille... ...	»	**TENCÉ.**
A Londres ...	»	**HYSNY DURBACHER,** 113, New-Bond-street.
A Francfort..	»	**Antoine BAER,** 20, Zeil.
A Bruxelles..	»	**Étienne LEROY,** Expert du Musée.
»	»	**STAAS,** Longue-Rue-Neuve.
A Rotterdam	»	**LAMME,** Artiste-Peintre.
A Amsterdam	»	**DEVRIES JUNIOR.**
A Cologne...	»	**BOURGEOIS,** Marchand de Tableaux.

CONDITIONS DE LA VENTE

Elle sera faite au comptant.

Les acquéreurs paieront cinq pour cent en sus des adjudications, applicables aux frais.

L'homme chez lequel s'est développé le goût des beaux-arts chercherait vainement à se soustraire à ses influences; le marchand intelligent, connaisseur, leur paye largement son tribut; amateur lui-même, il résiste rarement au désir d'acquérir une belle chose, il achète, vend difficilement et accumule ainsi pendant plusieurs années des petits bijoux dont un jour, enfin, il faut qu'il se sépare. M. Pillot, notre client, en est l'exemple; après vingt-cinq années passées dans le commerce de la curiosité, il quitte Paris pour aller définitivement se fixer à Bordeaux sa ville natale, après avoir joui, à juste titre, de la considération de sa clientèle et des sympathies des commerçants; il livre aux enchères publiques sa collection toute entière, collection gracieuse, composée de tous ces tableaux, achetés moins par le marchand que par l'amateur, soigneusement mis de côté par une avare prédilection, et dont plusieurs seront reconnus comme des amis qu'on retrouve après une longue absence.

Cette vente est divisée en deux parties; la première comprend exclusivement les productions des maîtres français, presque tous du XVIIIe siècle, représentant, les uns les petites scènes intimes d'amour filial et paternel, les autres ces gracieuses femmes au piquant minois, recevant des lettres d'amour ou se promenant dans des parcs embaumés.

tous ces types que Fragonard, Challe, Cheneau, Mallet et Boilly, nous ont retracés avec tant de charme. Viennent ensuite les compositions du séduisant Boucher, la Beauté énivrant l'Amour, le Voleur d'œufs et les Petits enfants se disputant une fleur ou jouant sur des nuages, le Château de cartes, de Chardin; le Grand-papa et le maître de danse, de Canot; les beaux portraits, par Mignard, Nattier, Grimoux, Raoux, Santerre, Van Loo, celui de la Guimard, par Fragonard; enfin d'autres productions non moins intéressantes, viennent compléter ce délicieux ensemble.

La deuxième vente se compose des productions des Écoles des Pays-Bas; ici les scènes changent, elles offrent des paysages baignés par des rivières, des routes animées de figures, des chariots amenant des bandes joyeuses pour célébrer une Kermesse, des prairies où paissent des animaux, des buveurs et des fumeurs, des bois éclairés par les derniers rayons du soleil, des intérieurs d'église et enfin d'autres compositions dont le mérite sera, nous l'espérons, apprécié par les amateurs qui voudront bien visiter notre exposition.

A. FEBVRE.

DÉSIGNATION

DES TABLEAUX

BACHELIER (JEAN-JACQUES).

1 — Chiens dans un paysage.

BÉNARD (JEAN-BAPTISTE).

Quatre compositions de même dimension, offrant les sujets suivants :

2 — Le Berger galant.
3 — Le Concert champêtre.
4 — Entrée de ville avec église.
5 — Paysage animé de figures.

BOURGEOIS (CHARLES). Genre de Chardin.

5 — Petit garçon pleurant la mort d'un pigeon.
6 — Jeune fille tenant un chat.

BOCQUET.

7 — Animaux au repos dans l'intérieur d'un bois.

BOILLY (LOUIS-LÉOPOLD).

8 — Jeune dame en robe de satin blanc, se promenant sur le bord de la mer.

DU MÊME (1788, signé).

9 — Dans une cuisine, jeune ménagère occupée à des travaux domestiques; sur une table et à terre sont épars des ustensiles de ménage.

10 — Le déjeuner, intérieur, composition de trois figures.

11 — Portrait d'une bouquetière dont la vie se rattache aux épisodes de la révolution de 1789.

12 — Sœur de la précédente.

BOUCHER (François).

13 — La beauté enivrant l'amour.

Cette ravissante composition est du plus beau faire de l'artiste, qui, dans cette œuvre, s'est élevé à la hauteur des plus grands maîtres.

DU MÊME (Signé.)

14 — Paysage avec amours jouant avec des fleurs.

Beau dessus de porte, encadrement en bois sculpté.

DU MÊME (Signé).

15 — Chasse au lion, esquisse fougueuse d'un faire remarquable.

16 Le bouquet de roses.

BOUCHER (François).

17 — Le voleur d'œufs.

L'artiste s'est représenté dans la persomne du voleur qui cherche à dérober quelques œufs dans un panier que porte une villageoise (Personnages vus à mi corps).

18 — Petite jardinière arrosant des fleurs.

BOUCHER (École de).

18 bis — Quatre charmants dessus de portes représentant des scènes pastorales.

CANOT.

19 — Le souhait de la bonne année au grand-papa (gravé sous ce titre).

Le naïf Chardin ne fut pas le seul qui retraça les mœurs intimes de nos pères. Canot, ce peintre qui resterait sans doute inconnu, si ses œuvres n'eussent été gravées, nous offre ici deux charmantes compositions.

La première représente un bon vieillard, assis près d'une cheminée, écoutant avec attention le compliment récité par son petit-fils, qui convoite déjà le cadeau qui lui est réservé. Sa sœur, plus heureuse, tient une poupée élégante. La mère de ces enfants partage leur joie et leur émotion. Cette scène se passe dans une chambre richement meublée.

CANOT.

20 — Le maître de danse, gravé sous ce titre, pendant du précédent.

Cet homme au regard important, qui tient son indispensable pochette, ayant la tête haute et le jarret tendu, est bien le type des maîtres de danse du XVIIIe siècle. Son élève, jeune fille aussi charmante qu'attentive, prend une leçon de menuet, écartant avec grâce les larges plis de sa robe à ramages.

CASANOVA (François), signé.

21 — Jeune seigneur à cheval, précédé et suivi des gens de sa maison.

CHALLE (Michel-Ange).

22 — Jeune femme portant une chevelure poudrée et un chapeau de feutre orné de plumes, elle est debout près d'une charmille et tient un éventail.

23 — Le portrait.

Intérieur d'un boudoir dans lequel une jeune dame, assise sur un canapé, tient un médaillon qu'elle embrasse avec tendresse : une petite chienne jappe à ses pieds, près d'elle est une table à ouvrage sur laquelle est un bouquet.

24 — Portrait présumé de la princesse de Lamballe, représentée en nymphe chasseresse.

CHAPERON (Nicolas).

25 — Flore et Zéphir.

Flore est entourée d'amours qui lui tressent des guirlandes de fleurs, Zéphir pose une couronne sur la tête de la déesse.

CHARPENTIER.

26 — Intérieur villageois dans lequel est une jeune femme endormie près de son enfant.

CHARDIN (Siméon).

27 — Jeune dame prenant une tasse de chocolat.

28 — La lettre d'amour.

Une jeune fille tient une lettre qu'elle lit avec intérêt. Ses traits révèlent la douce sensation qui l'agite.

29 — Le château de cartes.

Provenant de la vente du roi Louis-Philippe.

CHENEAU.

30 — Le premier pas dans le monde.

Salon dans lequel est un jeune homme assis près d'une vieille coquette qui écoute avec complaisance sa tardive déclaration ; dans le fond, une servante rit de la timidité de l'adolescent.

CHOQUET.

31 — La bonne mère, intérieur, deux figures.

CLOUET DIT JANET (Attribué à, 1580).

32 — Portrait d'un personnage de la cour de Charles IX.

33 — Femme du précédent.

COYPEL (Antoine).

34 — Flore et Zéphir.

L'amour offre des fleurs au Dieu, qui en pare la tête de Flore.

DETROY (François).

35 — Portrait de Marie Leczinska, fiancée du jeune roi Louis XV.

Cette princesse tient de la main droite des fleurs d'oranger, et appuie la gauche sur la couronne de France.

DESPORTES (François).

36 — Sur une table de pierre et près d'un panier contenant des fruits, sont groupés des volailles plumées et un faisan doré ; le tout gardé par un chien.

DESPORTES (François, attribué à).

37 — Oiseaux de basse cour, chien et gibier.

DROUAIS (Henry).

38 — Portrait d'une jeune fille.

EISEN (Charles).

39 — La musique.
40 — La jeunesse joue avec le flambeau de l'amour, que ce dernier tente vainement à resaisir.

FOURNIER (1796, signé).

41 — Les deux amies.

FRAGONARD (Honoré).

42 — Portrait en pied de la Guémard, représentée assise dans son boudoir, et jouant de la harpe. Ce portrait fut probablement exécuté par l'artiste au moment où il décorait l'hôtel de la célèbre danseuse.
43 — Les premiers pas de l'enfance (Gravé sous ce titre).

Dans un parc est une jeune dame accompagnée de ses enfants, le dernier, petit bambin aux joues potelées, tend ses petits bras et cherche à s'approcher de sa mère.

44 — La jalousie trouble l'amour.

Ravissante esquisse très-largement exécutée.

FRAGONARD (Honoré).

45 — Jeune dame tenant un bouquet se promenant dans un parc; elle porte une robe en satin jaune, dite à la Camargo.

FRAGONARD (Honoré), et Mlle GÉRARD.

46 — L'enfant chéri, dédié aux bonnes mères (Gravé sous ce titre).

Une dame, suivie de ses enfants et d'un petit chien, traîne un chariot portant un marmot qui prend plaisir à cette promenade. Figures par Mlle Gérard, paysage par Fragonard.

GÉRARD (Mlle, signé).

47 — Intérieur de parc dans lequel est une jeune dame occupée à broder.

GREUZE (Jean-Baptiste).

48 — L'ivrogne rentrant au logis.

Cette composition capitale est d'un sentiment exquis, et possède toutes les qualités qui caractérisent les œuvres de cet éminent artiste.

GRIMOUX (Jean).

49 — Portrait d'un jeune homme portant un manteau en soie cramoisie.

HUET (Jean-Baptiste).

50 — Jeune fille endormie.

HYRE (Laurent de la).

51 — Ville italienne offrant à gauche la vue de plusieurs édifices et le portique d'un palais, à droite, un port avec navires sur rade ; de nombreuses figures animent cette composition.

JEAURAT BERTRY (Nicole-Henry, 1765. Signé).

52 — La marchande d'oublis.

53 — Fanchon la Veilleuse assise dans un parc et jouant de la vielle (Nous présumons que ce portrait doit être celui de Mme Belmont, actrice qui créa le rôle.

LAGRENÉE (Louis-Jean-François).

54 — L'Histoire inscrivant les merveilles du monde pour les transmettre à la postérité.

55 — Le Sommeil d'Endymion.

56 — Nymphe endormie, surprise par un Satyre.

LEMOINE (François).

57 — Trois grands tableaux de place représentant des allégories mythologiques et des amours sur des nuages, jouant avec des fleurs.

58 — Vénus et Adonis.

59 — Vertumne et Pomone.

LAJOUE (Jacques).

60 — Figures allégoriques de l'astronomie.

LAFONTAINE.

61 — Intérieur d'église. Vue de la grande nef et du maître autel; sur divers points circulent ou sont agenouillés des personnages de toutes conditions.

LOO (Carle Van).

62 — Louis XV à Trianon.

Composition rappellant celles de Lancret.

63 — Petite fille donnant à manger à des oiseaux.

64 — L'Indiscret.

Riche encadrement en bois sculpté.

LOO (Michel Van).

65 — Portrait d'une jeune dame, du siècle de Louis XVI.

LOO (Amédée Van).

66 — Portrait d'une dame dont le corsage est orné de larges rubans violets.

MALLET (Jean-Baptiste).

67 — Les Délices maternels.

Dans un appartement, une servante tient un enfant à demi-nu qu'elle présente à sa mère, le père prend intérêt à cette scène. Une autre servante apporte une tasse de thé.

MIGNARD (Pierre).

68 — Portrait de la reine Marie-Thérèse d'Autriche, femme de Louis XIV. Représentée assise près d'une table, elle porte une robe et un manteau en velours bleu, parsemés de fleurs de lis et garnis d'hermine; au-dessus de sa tête tombe une large draperie.

MIGNARD (Pierre).

69 — Portrait en pied d'une jeune princesse de la Maison de France, probablement une des petites filles de Louis XIV. Elle est dans un parc, sous la figure de Pomone, près d'elle est un amour qui lui présente des fleurs.

MIGNARD (d'après Guido Réni).

70 — Le Sommeil de Jésus.

MARTIN (Jean-Baptiste).

71 — Une bataille sous Louis XIV.

NATTIER (Jean-Marc).

72 — Portrait d'une dame de distinction (Esquisse).

72 — Portrait de Mlle Victoire, fille de Louis XV.

Ce petit chef-d'œuvre, d'un faire remarquable, représente la princesse assise, jouant de la basse.

NETSCHER (école de).

74 — Portrait d'une dame de qualité.

OUDRY fils.

75 — Chien en arrêt. Deux pendants.

76 — Renard attaqué par des chiens.

OCTAVIEN (François).

77 — Les Délassements champêtres.

PAJOU (Jacques-Augustin).

78 — Portrait d'une jeune fille portant une robe de soie, entourée de fleurs.

PATER.

79 — Passe-temps des acteurs de la Comédie-Italienne.

A l'ombre de grands arbres, la troupe joyeuse est réunie, Scapin, Arlequin, Pierrot, et d'autres personnages assis, causent avec des femmes gracieuses qui écoutent leurs propos galants.

PATER (école de).

80 — Danse champêtre et causerie sur l'herbe.

PIERRE (Jean-Baptiste).

81 — L'Agneau chéri, scène pastorale.

82 — La Chèvre apprivoisée, pendant du précédent.

RAOUX (Jean).

83 — Jeune femme jouant de la guitare.

84 — Une autre jouant de la mandoline.

85 — La Peinture.

RAOUX (attribué à).

86 — Portrait d'une jeune dame tenant un cahier de musique.

SANTERRE (Jean-Baptiste),

87 — Portrait de femme portant une toque ornée de plumes.

88 — Autre portrait, même genre que le précédent.

SANTERRE (attribué à)

89 — Suzanne au bain.

SAINT-AUBIN.

90 — Vue d'un château et d'une terrasse sur laquelle se promène un jeune seigneur et sa suite.

SAUVAGE.

91 — Cinq grands tableaux de place, figures mythologiques en grisailles dans des paysages en couleurs, ces derniers sont entourés de guirlandes de fleurs, peintes par Provost.

TRÉMOLIÈRE (Pierre-Charles).

92 — Le Doux lien.

93 — Diane et ses Nymphes endormies.

TRINQUESSE.

94 — Portrait de Mlle Salé, danseuse de l'Opéra.

Elle est représentée en négligé du matin, assise dans une petit salon et lisant.

VESTIER.

95 — Jeune dame tenant un cahier de musique.

VALIN.

96 — Baigneuses dans un paysage.

97 — Vue d'une riche propriété, du parc qui en dépend, et sous les ombrages duquel se promènent ou se reposent des groupes de personnages.

VERNET (JOSEPH), signé.

98 — Vue des cascatelles de Tivoli, soleil couchant.

ÉCOLE ANGLAISE.

HOGARTH (GUILLAUME).

99 — Scènes grivoises. Deux pendants.

LAWRENCE.

100 — La Tendre correspondance.

INCONNUS.

ÉCOLE ALLEMANDE.

101 — Tryptique : le volet principal représente l'Adoration des mages; celui de gauche l'Annonciation ; l'autre la Vierge tenant son divin fils.

102 — Composition représentant plusieurs miracles et épisodes ayant trait à la vie de Jésus.

ÉCOLE GÉNOISE.

103 — Petite fille mangeant une pastèque.

104 — Jeune garçon tenant une corbeille de fruits.

ÉCOLE FRANÇAISE.

105 — L'Heure de la leçon.

106 — Baigneuse dans un paysage.

107 — Quelques tableaux non catalogués.

DEUXIÈME VENTE

En l'Hôtel des Commissaires-Priseurs

RUE DROUOT, SALLE N° 5

Le Mercredi 8 Décembre 1858

A 2 heures précises

D'UNE COLLECTION

DE

TABLEAUX ANCIENS

DES ÉCOLES

Hollandaise, Flamande, Allemande et Italienne

EXPOSITION PUBLIQUE

Le Mardi 7 Décembre, de midi à 5 heures

DÉSIGNATION.

ARTOIS (JACQUEL VAN).

1 — Campagne montagneuse dans laquelle sont des animaux se reposant.

ASSELIN (JEAN).

2 — Campagne italienne ; à gauche, des pâtres se reposent près de ruines antiques : plus loin est une hôtellerie. Le fond est borné par des montagnes.

BALEM (JEAN VAN).

3 — Anges glorifiant la Vierge et Jésus.

BERKHEYDEN (JOB).

4 — Auberge hollandaise à la porte de laquelle sont des voyageurs et des mendiants.

BACKHUISEN (LUDOLPHE).

5 — Pleine mer, sur laquelle cinglent des navires portant le pavillon hollandais; le ciel, chargé de nuages épais, présage une tempête prochaine.

BEGYN (ABRAHAM).

6 — Paysage et animaux.

Assis sur un tertre, un berger joue de la flûte près d'une jeune fille qui l'écoute en filant sa quenouille; quelques animaux paissent ou se reposent. Des montagnes vaporeuses se perdent au loin.

BESCHEY (JEAN-FRANÇOIS).

7 — Suzanne au bain surprise par les vieillards.

BOUT et BAUDEWENS.

8 — Kermesse.

Place publique animée par des danseurs et des buveurs. Un chariot amène des retardataires. Cette scène se passe près d'une rivière traversée par un pont : des barques transportent des voyageurs.

BOL (Ferdinand).

9 — Tête de jeune femme.

10 — Portrait d'un officier hollandais; un large manteau cache une partie de sa cuirasse.

CARRÉ (Michel).

11 — Campagne baignée par une rivière; à droite est un coteau boisé: sur le devant, une jeune fille garde des animaux.

CUYLENBURGH (Signé).

12 — Portrait d'une jeune fille élégamment vêtue; elle est assise sur un tertre, la main droite appuyée sur la tête d'un chien.

DIETRICH (Gustave).

13 — Tête de vieillard.

14 — Cavaliers et bohémiens se reposant près d'une hôtellerie.

ELZHEIMER (Adam).

15 — Intérieur d'église.

ENCKHOUT (Gerbrand Van den).

16 — Servante tenant un balai.

FASSIN (Le Chevalier).

17 — Campagne italienne éclairée par les derniers rayons du soleil; sur le devant, des animaux passent à gué un large ruisseau.

FRANCK (Sébastien).

18 — Le Christ, en expirant, jette un dernier regard vers le ciel; au pied de la croix, la Madeleine est en pleurs; plus loin, saint Jean cherche à consoler la mère du Sauveur. On aperçoit dans le fond la ville de Jérusalem.

GOYEN (Jean Van).

19 — Entrée d'une ville hollandaise bordant un canal chargé d'embarcations.

GOLTZIUS (Hubert).

20 — Moissonneuses parlant à des pèlerins.

HEEM (David de) (Signé).

21 — Fruits, fleurs, vidrecome et plat d'argent, le tout posé sur une table couverte d'un tapis de velours.

HEEMSKERK (Martin).

22 — Des buveurs et des fumeurs sont réunis dans un estaminet flamand; une jeune servante offre à boire à l'un d'eux.

HOLBEIN (Jean).

23 — Portrait du roi d'Angleterre Henri VIII, enfant; il tient un bouquet de roses, sa main droite est appuyée sur sa hanche.

HONTHORST, dit GERARD DE LA NUIT.

24 — Joueur de flûte.

HEUS (GUILLAUME DE).

25 — Paysage, soleil couchant.

LAEN (THIERRY VAN DER)

26 — Appartement dans lequel sont réunies de jeunes femmes et des cavaliers ; l'un d'eux, condamné à une pénitence, boit à genoux.

LEDUC (JEAN).

27 — Dame hollandaise assise dans un appartement près d'une table couverte d'un tapis d'Orient.

MANS (ARNOLD VAN).

28 — Village hollandais, effet de neige.

Sur un canal glacé chargé de chariots, des patineurs se dirigent en sens divers.

MIEL (JEAN).

29 — Soldats jouant aux cartes à l'entrée d'une grotte.
30 — Paysans italiens réunis dans une hôtellerie.

MIEREVELT (MICHEL).

31 — Portrait d'une dame hollandaise.

Elle porte une robe noire et une colerette à larges plis ; un peigne en pierres précieuses couronne sa tête ; de riches bracelets ornent ses bras.

MOUCHERON (Frédéric).

32 — Paysage offrant à droite l'entrée d'un bois; sur le devant est un ruisseau que passent à gué des animaux. Le fond est occupé par des montagnes.

MOMMERS (Henry).

33 — Campagne accidentée, au centre de laquelle s'élève une fontaine; des bergers amènent boire leurs troupeaux; quelques paysans causent avec eux.

NEEF (Pierre).

34 — Intérieur d'église offrant la vue du maître-autel et de la grande nef. A droite, des fidèles sont agenouillés près d'une chapelle où un prêtre célèbre la messe; d'autres personnages circulent dans le temple.

OSTADE (Adrien) (D'après).

35 — Ancienne reproduction des Patineurs du Musée du Louvre.

POEL (Egbert Van der).

36 — Incendie d'un village.

Sur une place publique se pressent en foule des paysans cherchant à sauver leur bétail ou une partie de leur mobilier.

PORBUS (Pierre), dit le vieux.

37 — Portrait en pied de François II, roi de France.
Il porte un riche costume en satin blanc : sa main droite est appuyée sur sa hanche, la gauche tient la garde de son épée.

PORBUS (François).

38 — Portrait de Charles-Albert, mari d'Isabelle d'Autriche, fille de Philippe II, roi d'Espagne, et d'Elisabeth de France. — Ce prince, gouverneur des Pays-Bas, se distingua dans les guerres des Flamands contre les Hollandais ; il est vu de trois quarts, sa tête est nue ; une colorette à larges tuyaux couronne sa riche armure damasquinée.

PYNACKER (Adam).

39 — Intérieur de parc, au centre duquel est une fontaine formée d'une vasque soutenue par des statues, et des riches vases sculptés ; sur le devant un homme et un villageois conduisent une chèvre.

RAVESTEIN (Jean Van).

40 — Portrait en pied d'un riche personnage hollandais.

41 — Portrait de la femme du précédent personnage.

ROOS (Henry).

42 — Animaux gardés par un pâtre.

ROMYN (Guillaume Van).

43 — Animaux traversant un gué et conduits par des pâtres.

ROTTENHAMER (Jean).

44 — L'Adoration des Mages.

SCHOEVAERT (M.).

45 — Intérieur d'une ville flamande offrant une place publique animée par un grand nombre de figures.

SCHUTZ (Georges).

46 — Vue du Rhin ; près de la rive est un coche amarré sur lequel on embarque un chariot.

SPAENDONCK (Van, attribué à).

46 — Fleurs contenues dans un vase en terre cuite orné d'un bas-relief ; sur un marbre quelques prunes et des raisins.

SPRANT.

47 — Fête à Bacchus. Le dieu est debout sur un autel ; autour de lui sont des satyres et des bacchantes, plusieurs, étendus à terre, payent leur tribut à l'ivresse ; des jeunes gens, près de l'autel, semblent dédaigner le vin que des vieillards acceptent pour réparer leurs forces.

SNEYDERS (François, école de).

48 — Intendant dans un garde-manger.

SNEYDERS (François).

49 — Sangliers forcés par des chiens. (Gravé dans la galerie Lebrun.

SNEYDERS (François, attribué à).

50 — Sur une table de cuisine sont groupés un paon et divers oiseaux, quelques volailles déplumées, un homard sur un plat d'argent, puis un chevreuil étendu.

STRY (Van).

51 — Deux femmes et leurs enfants se reposent près de ruines antiques; près de là paissent des animaux.

STORCK (Abraham).

52 — Port de mer et entrée de ville italienne; sur le quai circulent des marchands et des marins de tous pays.

STOCKLING.

53 — Deux intérieurs d'églises animés par de nombreuses figures.

STOOP (Jean-Pierre, signé).

54 — Choc de cavalerie; au centre un combattant défend son drapeau.

STAVEREN (attribué à).

55 — Portrait d'un officier hollandais.

TERBURG (GÉRARD, d'après).

56 — La Leçon de clavecin.

TYS.

57 — Quatre dessus de portes représentant l'un l'enfance de Bacchus; les autres des jeux d'enfants.

VERBRUGGEN (GASPARD).

58 — Fleurs et fruits.

VEENIX (JEAN-BAPTISTE).

59 — Voyageur se reposant près d'un palais en ruines.

WOUVERMANS (JEAN).

60 — Bohémiens arrêtés sur le versant d'une montagne, les uns montés sur des charriots ou assis, les autres entourant un maréchal occupé à ferrer un cheval blanc.

WYCK (THOMAS).

61 — Bohémiens réunis sous des ruines.

62 — Ville et port de mer italien; un Turc et d'autres personnages se promènent sur le quai; à gauche est un paysan près d'une vache et d'un âne.

BIBIANO.

63 — Paysage; site italien dans lequel s'élèvent des colonnades antiques; au centre coule une rivière.

CANALLETTO, dit CANA.

64 — Vue du Canal et du Pont du Rialto.

GIOVANNI (Andrea).

65 — Sous le péristyle d'un riche palais, rappelant ceux que nous a retracé le pinceau de l'illustre Véronèse, Jésus est entouré de ses disciples; la Madeleine agenouillée répand des parfums sur ses pieds.

66 — Jésus à table entre saint Joseph et sa mère; pendant du précédent. Ces deux compositions sont d'une belle couleur, d'un faire large et d'une bonne ordonnance.

GUARDI (François).

67 — Paysage boisé animé de figures.

MARATI (Carlo).

68 — Jésus vient de naître; autour de sa crèche sont en adoration la Vierge des Anges et les bergers.

MORO (Antonio).

69 — Portrait de la reine Catherine, femme du roi Jean III de Portugal ; elle porte un riche costume en satin rose brodé d'or et orné de pierres précieuses.

RECCHI (Pandolphe).

70 — Un naufrage sur une côte agreste.

71 — Scène diabolique : tentation d'un saint.

Ces deux bonnes peintures rappellent en tout les productions de Salvator Rosa.

TIÉPOLO (attribué à).

72 — Riche habitation et parc, avec statues, bassins, vases et terrasses.

73 — Sous ce numéro, plusieurs tableaux non catalogués.

Renou et Maulde, impt meurs de la Compagnie des Commissaires-Priseurs rue de Rivoli, 144. 14205

www.ingramcontent.com/pod-product-compliance
Ingram Content Group UK Ltd.
Pitfield, Milton Keynes, MK11 3LW, UK
UKHW022157190726
13855UKWH00004B/1520

9 782013 076241